¡Excursiones!

La granja

Angela Leeper

Traducción de Paul Osborn

Heinemann Library
Chicago, Illinois

© 2004 Heinemann Library
a division of Reed Elsevier Inc.
Chicago, Illinois

Customer Service 888-454-2279
Visit our website at www.heinemannlibrary.com

All rights reserved. No part of this publication may be reproduced or transmitted in any form or by any means, electronic or mechanical, including photocopying, recording, taping, or any information storage and retrieval system, without permission in writing from the publisher.

Designed by Kim Kovalick, Heinemann Library; Page layout by Que-Net Media
Printed and bound in China by South China Printing Company Limited.
Photo research by Jill Birschbach

08 07 06 05 04
10 9 8 7 6 5 4 3 2 1

Library of Congress Cataloging-in-Publication Data.
A copy of the cataloging-in-publication data for this title is on file with the Library of Congress.
  [Farm. Spanish]
  La granja / Angela Leeper.
  ISBN 1-4034-5638-0 (HC), 1-4034-5644-5 (Pbk.)

Acknowledgments
The author and publishers are grateful to the following for permission to reproduce copyright material:
p. 4 Craig Mitchelldyer Photography; p. 5 Robert Lifson/Heinemann Library; pp. 6, 7, 8, 12, 13, 14, 17, 18, 20, back cover Greg Williams/Heinemann Library; p. 9 Ralf-Finn Hestoft/Corbis SABA; p. 10 Randy Vaughn-Dotta/AGStockUSA; p. 11 Ariel Skelley/Corbis; p. 15 Karen Wyle/MidWestStock Photos; p. 16 Elder Neville/Corbis SYGMA; p. 19 Rudi von Briel/Heinemann Library; p. 21 Paul A. Souders/Corbis; p. 23 (T-B) Maximilian Stock, Ltd./AGStockUSA, Karen Wyle/MidWestStock Photos, Rudi von Briel/Heinemann Library, Greg Williams/Heinemann Library

Cover photograph by Greg Williams/Heinemann Library

Every effort has been made to contact copyright holders of any material reproduced in this book. Any omissions will be rectified in subsequent printings if notice is given to the publisher.

Special thanks to our bilingual advisory panel for their help in the preparation of this book:

Aurora Colón García
Literacy Specialist
Northside Independent School District
San Antonio, TX

Leah Radinsky
Bilingual Teacher
Inter-American Magnet School
Chicago, IL

Special thanks to Ganyard Hill Farm and Kooistra Farms, Woodstock, Illinois; Harvard Egg Farm, Harvard, Illinois; and Barb McCarthy.

Contenido

¿De dónde viene la comida? 4
¿Qué es una granja? 6
¿Qué clases de cosechas hay?. 8
¿Qué otras cosechas hay? 10
¿Qué clases de animales hay?. 12
¿Qué otros animales hay? 14
¿Hay aves? 16
¿Para qué sirven las construcciones? . . 18
¿Hay máquinas?. 20
Mapa de la granja 22
Glosario en fotos *23*
Nota a padres y maestros *24*
Índice. *24*

Unas palabras están en negrita, **así.**
Las encontrarás en el glosario en fotos de la página 23.

¿De dónde viene la comida?

Comemos muchos diferentes tipos de comida.

Comemos frutas y verduras.

También comemos carne y **productos lácteos.**

Estas comidas vienen de las granjas.

¿Qué es una granja?

En las granjas se cultivan plantas que sirven de alimento.

Estas plantas se llaman cosechas.

También hay animales en las granjas.

Los granjeros cuidan de la granja.

¿Qué clases de cosechas hay?

En las granjas se cultivan muchos tipos de cosechas.

En algunas granjas se cultiva maíz.

Los granjeros siembran maíz en la primavera.

Cosechan el maíz en el verano.

¿Qué otras cosechas hay?

En algunas granjas se cultivan calabazas.

Al principio las calabazas son verdes.

En el otoño se vuelven anaranjadas.

En algunas granjas puedes cosechar tus propias calabazas.

¿Qué clases de animales hay?

Algunas granjas tienen vacas.

Los granjeros se levantan temprano para alimentarlas.

Algunas granjas tienen cerdos.

Viven en corrales.

¿Qué otros animales hay?

Algunas granjas tienen ovejas.

En la primavera un **esquilador** corta la lana de las ovejas.

La lana suave sale en trozos grandes.

Luego se le usa para hacer ropa.

¿Hay aves?

Unas granjas tienen pavos.

La gente come pavo en el Día de Acción de Gracias.

Unas granjas tienen pollos también.

Las gallinas ponen huevos y la gente se los come.

¿Para qué sirven las construcciones?

Las granjas tienen muchas construcciones.

Los pollos viven en gallineros.

granero   establo

Las vacas y las ovejas viven en establos.

Su comida se guarda en un **granero**.

¿Hay máquinas?

El granjero tiene muchas máquinas que lo ayudan a trabajar.

Remolca las máquinas con un **tractor**.

Mapa de la granja

Los tractores pueden remolcar vagones grandes.

¡Tú podrías ir de paseo en el vagón!

Glosario en fotos

productos lácteos
página 15
algo hecho de leche, como la mantequilla y el queso

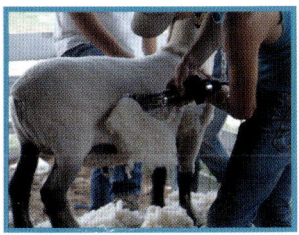
esquilador
página 14
persona que corta la lana de las ovejas

granero
página 19
construcción de la granja que guarda la comida para los animales

tractor
páginas 20, 21
máquina que remolca otras máquinas de la granja

23

Nota a padres y maestros

Leer para buscar información es un aspecto importante del desarrollo de la lectoescritura. El aprendizaje empieza con una pregunta. Si usted alienta a los niños a hacerse preguntas sobre el mundo que los rodea, los ayudará a verse como investigadores. Cada capítulo de este libro empieza con una pregunta. Lean la pregunta juntos, miren las fotos y traten de contestar la pregunta. Después, lean y comprueben si sus predicciones son correctas. Piensen en otras preguntas sobre el tema y comenten dónde pueden buscar la respuesta. Ayude a los niños a usar el glosario en fotos y el índice para practicar nuevas destrezas de vocabulario y de investigación.

Índice

calabazas 10–11
carne 5
cerdos. 13
construcciones 18–19
corrales. 13
cosechas. 6, 8–9
esquilador 14
establo 19
frutas y verduras 4
gallinero 18
granero 19
granjeros. 7, 12
huevos 17

lana. 14–15
maíz 8–9
máquinas 20–21
otoño. 11
ovejas 14, 19
pollos 17, 18
primavera 9, 14
productos lácteos 5
ropa. 15
tractor 20–21
vacas. 12, 19
verano 9